LE PROCÈS

DE CARNAVAL,

OU

LES MASQUES EN INSURRECTION,

COMÉDIE-FOLIE EN UN ACTE ET EN VERS,

Par Monsieur VERDIER.

Le théâtre représente l'enceinte d'un tribunal. Le Président est en face du public, avec un juge de chaque côté; le défenseur à la droite du public, et le demandeur à la gauche; au côté droit du défenseur, et peu avant, est Carnaval dans son grand costume; derrière lui sont deux gendarmes; l'huissier est à la droite du président, au bout du bureau, et crie de temps en temps: Silence pendant les débats! L'auditoire n'est composé que de masques, parmi lesquels se trouvent Arlequin, Pierrot, un sauvage, un savetier et quatre soldats.

LE DEMANDEUR *se levant.*

MESSIEURS, c'est aujourd'hui devant ce tribunal
Que je viens dénoncer le nommé Carnaval;
Or j'espère de vous et de votre justice
Qu'il finira ses jours par un cruel supplice,

Attendu les forfaits, les crimes inouis
Qu'il commet tous les ans presque dans tous pays.
Oui tous les ans, Messieurs, cet être abominable
Désole nos cantons par quelque tour pendable :
Ainsi tout calculé, vous devez mettre un frein
Au désordre effrayant de ce grand libertin ;
Car, si vous ne rendez une prompte justice,
On vous accusera de soutenir le vice ;
Et je ne voudrais pas, pour je ne sais combien,
Qu'on tiendrait contre vous un pareil entretien.
Ainsi, j'ose espérer que dans cette audience
Vous allez sans retard prononcer sa sentence,
Afin que nous puissions, pas plus tard qu'aujourd'hui,
En le faisant griller, nous défaire de lui.

LE PRÉSIDENT.

Avez-vous de ses torts la preuve convaincante ?

LE DEMANDEUR.

Des preuves, dites-vous, j'en ai plus de cinquante.
Oui je vous prouverai que ce mauvais sujet
Fait que chaque maison ressemble un cabaret,
Qu'on ne voit plus partout que des salles de danse,
Des tonneaux mis à sec, que festins et bombance ;
Des cuisines en feux, des fourneaux écroulés,
Plus de cent marmitons échaudés ou brûlés ;
Enfin mille malheurs qui sont encore pire,
Et dont tous les détails ne vous feront pas rire,
Car vous frémirez tous quand vous allez savoir
Combien il a réduit de monde au désespoir :
Voyez, Messieurs, voyez dans toutes les familles,
Vous y verrez mourans des garçons et des filles
Expirans dans leur lit par la suite du mal
Qu'ils se sont attrapé en galopant le bal ;
Enfin, vous le savez, la belle Dorothée
Est au point de mourir d'une sueur rentrée ;
La petite Suzon, ainsi que son amant,
Sont tous deux attaqués d'un crachement de sang,
Et Fanchon qui dansait de la première force,
Pour avoir trop sauté, vient de prendre une entorse :

Un autre encor, Messieurs, que je ne nomme pas
Est tombé en syncope en faisant un faux pas;
De plus vous connaissez l'adorable Justine
Qui prit, sortant du bal, un rhume de poitrine,
Et qui verra bientôt venir sa triste fin
Pour peu qu'elle s'adresse à quelque médecin.
Virginie, à son tour, est prise par la gorge,
Elle a déjà mangé cent francs de sucre d'orge;
Enfin n'ayant plus rien pour adoucir son mal,
Elle se fait porter demain à l'hôpital.
Ainsi vous le voyez, d'un désordre semblable,
Carnaval est le seul et unique coupable;
Ceci n'est pas le tout, bien des gens m'ont appris
Que depuis près d'un mois qu'il est dans le pays,
Beaucoup de jeunes gens par leur libertinage....

LE DÉFENSEUR *l'interrompant*:

Monsieur le Président, c'est un faux témoignage

LE PRÉSIDENT.

Silence, taisez-vous, Monsieur le Défenseur,
Et n'interrompez pas Monsieur le Demandeur;
Vous ne devez ici parler qu'à tour de rôle,
Quand le vôtre viendra vous aurez la parole,
Monsieur le Demandeur, veuillez continuer.

LE DEMANDEUR.

Pardon, auparavant je vais éternuer. *(Il éternue.)*
Enfin, je disais donc, en parlant de ce drôle,
Lorsque ce fréluquet m'a coupé la parole,
Je disais, et c'est vrai, que tous les jeunes gens
Font damner, enrager, père, mère et parens,
Et que plusieurs d'entre eux, plongés dans la débauche,
Viennent prendre l'argent, s'en remplissent la poche.
Et que dans leur maison on ne les revoit plus
Que lorsqu'ils ont fini de manger leurs écus;
Outre les jeunes gens, il en est plus de trente
De qui tous les effets ont été mis en vente;
D'autres qui, pour les suivre avec plus de gaîté,
Les ont fait emballer pour le Mont-de-Piété

Or, quand je réfléchis que l'homme raisonnable
Vend jusqu'à ses habits pour faire bonne table,
Je ne puis revenir de mon étonnement,
Mais j'accuse à bon droit ce mauvais garnement.
N'est-ce pas inoui de voir un sieur de Bièvre
Vendre son bois de lit pour acheter un lièvre ?
Et madame Thomas qui vend son cotillon
Pour avoir le plaisir de manger un dindon ?
C'est bien plus, on m'a dit que pour une entre-côte
Un perruquier gascon a vendu sa culotte,
Et que le lendemain, pour manger un poulet,
Il fit vendre ses bas, sa veste et son gilet ;
De façon qu'aujourd'hui lorsqu'il rase ou qu'il frise,
En dépit de l'hiver il travaille en chemise.
L'Empeigne, savetier, plus gourmand, plus goulu,
A vendu sa perruque à raison d'un écu,
Et le tout pour croquer une fine bécasse ;
Un autre, m'a-t-on dit, a vendu sa paillasse
Pour se bourrer le ventre avec un bon canard,
Un gigot de mouton, une omelette au lard ;
Enfin c'est odieux que pour faire ripaille,
Tant de gens aujourd'hui se mettent sur la paille :
Non, Messieurs, ces gens-là ne mangeraient pas tout
Si ledit Carnaval ne les poussait à bout ;
Oui ce mauvais sujet exige qu'on le fête,
Et que dans tous les lieux on se mette en goguette.
Argent ou non argent; on lui doit des honneurs,
Aussi voit-on chez nous grand nombre de traiteurs,
Pâtissiers, Charcutiers, Marchands de comestibles
A qui les emprunteurs deviennent très-nuisibles ;
Ils viennent nous prier, c'est-à-dire en payant,
De leur faire obtenir leur malheureux argent ;
Vous me répliquerez que cela vous fait vivre,
Mais nous leur mangeons tout s'ils veulent trop poursuivre,
Or, Messieurs, c'est à nous d'éviter ces malheurs,
Et tâcher, s'il se peut de corriger les mœurs.
Voilà, Messieurs, voilà ce que nous devons faire
Pour bien remplir le but de notre ministère;
Ainsi donc je conclus que ledit Carnaval,
Pour réparation d'avoir tant fait de mal,

Sera conduit vivant au milieu de la place,
Pour être brûlé vif devant la populace.

LE DÉFENSEUR.

Messieurs, depuis le temps que l'homme est sur la terre,
Et que chacun de nous a son père et sa mère ;
Depuis que le soleil paraît tous les matins,
Et que le vent du nord fait moudre les moulins ;
Depuis que de mourir nous avons la disgrâce,
Et qu'on voit dans l'hiver paraître de la glace ;
Depuis que les poissons nagent parmi les eaux,
Et qu'on voit dans les airs voltiger les oiseaux ;
Depuis que les moutons et les brebis se tondent,
Que l'eau tombe du ciel et que les poules pondent,
Il ne s'est jamais vu, dans aucun tribunal,
Qu'on s'arrogeât le droit de juger Carnaval.
Or cette procédure à nos lois est contraire ;
Mais puisque vous voulez commettre un arbitraire,
Je vais, par mes efforts, mon zèle et mon talent,
Prouver que Carnaval fut toujours innocent ;
Ainsi loin d'accuser ce grave personnage,
Il serait plus prudent qu'on lui rendît hommage ;
Oui, Messieurs, je le dis et c'est la vérité,
En tous temps, en tous lieux, Carnaval fut fêté ;
Et qui s'aviserait d'attenter à sa chute,
Pourrait se repentir de lui chercher dispute.
Or respectez, Messieurs, et son rang et son nom,
Car ce n'est pas en vain qu'on lui fait un affront
Rappelez-vous ce trait si digne de mémoire,
Et que je vais citer en copiant l'histoire ;
Vous y verrez, Messieurs, combien il est fatal
De ne pas bien fêter l'illustre Carnaval   (*Il lit un livre*
  « Un roi du Mataquin, homme dur et barbare,
  » Pour priver ses sujets donna l'ordre bizarre
  » D'empêcher Carnaval d'entrer dans ses états,
  » Et de poster partout grand nombre de soldats :
  » Cet ordre exécuté dispersa son armée,
  » Alors un ennemi chez lui fit son entrée ;
  » Il fut fait prisonnier, et pour qu'il disparût,
  » On l'envoya mourir dans l'île Philiput :

» Là ce fameux tyran, plus bête qu'une cruche,
» Finit ses tristes jours par une coqueluche. » *(Il pose le livre)*
Ainsi vous le voyez, ce cruel souverain,
Pour l'avoir méprisé, perdit le Mataquin
D'autant plus, qu'a-t-il fait qui le rende coupable ?
Mon client doit-il donc se rendre responsable
De tout ce qu'en ce monde il se fera de mal ?
Non, Messieurs, j'en appelle à votre tribunal :
Et votre air imposant me fait assez comprendre
Que ce n'est pas à vous que l'on peut en revendre :
Quoi ! l'on vous a parlé de quelques marmitons,
De fourneaux écroulés, de plats et de chaudrons !
N'est-ce pas abuser de votre patience ?
Ah ! Messieurs, je croirais avilir ma défense
Si j'avais à répondre à pareils argumens
Dont pas un ne fut plus dépourvu de bon sens.

LE DEMANDEUR.

Monsieur le Défenseur, veuillez bien, je vous prie,
Avoir plus de respect et plus de modestie.

LE DÉFENSEUR.

Et ne m'avez-vous pas traité de fréluquet ?

LE PRÉSIDENT.

Messieurs, point de propos et venons-en au fait.

LE DÉFENSEUR.

On ose encor, Messieurs, vous parler de la danse,
Et l'on trouve mauvais que l'on fasse bombance ;
Je ne vois pas pourquoi Monsieur le Demandeur
S'emporte sur ce point avec tant de chaleur ;
Lui qui, dans un festin, est toujours dans son centre,
Et qu'on voit en gourmand faire un dieu de son ventre ;
Lui qui, pour deux jambons, fussent ils plus mauvais,
Va plaider quatre jours sans vouloir d'autres frais ;
Pour la danse, Messieurs, vous savez tous sans doute
Qu'il ne va plus au bal depuis qu'il a la goutte ;
Mais vous n'ignorez pas, et le fait est certain,
Qu'il passait autrefois pour être un vrai pantin.

LE DEMANDEUR.

Monsieur le Président, empêchez ce désordre.

LE PRÉSIDENT.

Monsieur le Défenseur, je vous rappelle à l'ordre ;
Veuillez bien je vous prie, être plus circonspect.

LE DÉFENSEUR.

Pardon, si j'ai franchi les bornes du respect ;
Mais vous aurez égard que bien souvent la chose
Provient de l'intérêt que l'on prend à la cause ;
Or je vais sur ce point baisser un peu le ton,
Et prouver que Monsieur est faux comme un jeton.

LE DEMANDEUR.

Mais vous parlez encore avec impertinence.

LE DÉFENSEUR.

Allons pardonnez-moi, car c'est inadvertance
Il s'agit donc, Messieurs, de vous faire entrevoir
Que tous ces grands malheurs et l'affeux désespoir
Qui désolent, dit-on, quantité de familles,
Consistent à voir souffrir deux ou trois jeunes filles
Qui, bravant les conseils de bien des gens d'esprit ,
Se trouvent aujourd'hui de travers dans leur lit ;
L'une, a-t-on avancé, d'un rhume est affectée,
L'autre touche à sa fin d'une sueur rentrée ;
Une troisième encor, dont on cache l'état,
Vient de faire un faux pas battant un entrechat ;
Mais est-il établi, malgré tout ce qu'on fasse,
Que ce soit Carnaval qui cause leur disgrâce ?
Non, Messieurs, ces tendrons pouvaient facilement
Eviter les dangers qui causent leur tourment.

(Prenant un livre)

Elles n'avaient, Messieurs, qu'à lire cet ouvrage,
Et suivre exactement ce sublime passage :

(Il lit.)

    « *Avis aux jeunes gens qui fêtent Carnaval:*
» Celui qui dans la nuit ira courir le bal,

» Aura toujours bien soin, quel que soit son costume,
» S'il ne veut être pris d'un coup d'air ou d'un rhume,
» De ne pas en sortir sans la précaution
» D'aller au restaurant avaler un bouillon. »
Plus bas je lis encor, au troisième chapitre,
Article trente-cinq du quatorzième titre :
« S'il ne conserve bien la cadence et l'aplomb,
« Celui qui dansera sans avoir pris leçon,
« Demeure prévenu que, par une culbute,
« Il fera, tôt ou tard, une mauvaise chute. »
Or examinons bien si de pareils avis,
Par nos jeunes beautés auraient été suivis ;
Non, Messieurs, tout ici vous prouve le contraire,
Ainsi donc, mon client n'est pour rien dans l'affaire :
Mais on a dit encor, et j'allais l'oublier,
Qu'une autre se plaignait d'un grand mal au gosier,
Et qu'elle avait mangé son bien en sucre d'orge,
Pour calmer la douleur qui la tient à la gorge :
Je l'avouerai, Messieurs, je plains de tout mon cœur
Celui qui d'un tel mal éprouve la douleur.
Je sais combien il est terrible et funeste,
Mais est-il un témoin, un écrit qui l'atteste ?
Avez-vous dans les mains un seul procès-verbal
Qui désigne l'auteur pour être Carnaval ?
Non, Messieurs, je soutiens que c'est une imposture
Que l'on doit effacer de cette procédure ;
Mais nous connaissons tous cet adorable objet
Pour lequel on témoigne un si vif intérêt ;
Nous savons tous, Messieurs, que c'est une gourmande,
La terreur des bonbons ; enfin une friande
Qui, chez un pâtissier ferait plus de dégâts
Que ne pourrait faire un régiment de rats ;
Oui, Messieurs, on m'a dit que pour sa friandise
Elle était dans le cas de vendre sa chemise.
Donc elle ne se plaint que d'un mal supposé
Qui n'a rien de commun avec cet accusé.
Il ne me reste plus maintenant qu'à détruire
Une accusation qui pourrait bien lui nuire :
On a parlé, Messieurs, d'un Gascon perruquier
Qui, dit-on, en chemise exerce son métier ;

On voudrait faire voir, et l'on ose prétendre
Que c'est pour Carnaval qu'il s'est mis à tout vendre
Non, je ne vous crois pas assez simples d'esprit
Pour que vous puissiez croire un semblable récit
De plus, je vais bientôt vous prouver le contraire,
Et vous conviendrez tous, car la chose est très-claire
Que ce que vous a dit Monsieur le Demandeur
N'est que le faux rapport d'un vil accusateur.
Apprenez donc, Messieurs, car ici je m'explique,
Que ce Gascon naquit dans le fond de l'Afrique,
Et que les habitans de ce climat lointain
Ne sont pas comme nous affublés de butin ;
Donc, que ne pouvant pas suivre notre coutume,
Il s'est trouvé contraint de vendre son costume :
Aussi, travaille-t-il, depuis qu'il l'a quitté,
Avec bien plus d'adresse et de dextérité ;
Le monde, chaque jour, encombre sa boutique.

LE DEMANDEUR.

Monsieur le défenseur, pardon si je réplique ;
Je prétends soutenir, quand vous seriez plus fin,
Qu'il n'exista jamais un Gascon africain ;
Et venir nous conter de pareilles sornettes,
C'est comme qui dirait que nous sommes des bêtes.

LE DÉFENSEUR.

Qui vous a dit cela ? moi je vous soutiendrai,
Et même qui plus est, je vous le prouverai
Qu'on peut être gascon sans être de Gascogne,
Car le fameux DE CRAC était de la Pologne.

LE DEMANDEUR.

Je vois bien maintenant que vous n'êtes qu'un sot,
Monsieur de Crac était natif de Cauderot ;
Or ce raisonnement tient de l'extravagance.

LE DÉFENSEUR.

J'ai lu plus de vingt fois son extrait de naissance.

LE DEMANDEUR.

Mais vous n'avez pas lu celui du perruquier.

LE DÉFENSEUR.

C'est que dans ce pays on n'a pas de papier ;
Mais il n'est pas moins vrai qu'il est né dans l'Afrique
Au troisième dégré sous le pôle antarctique ;
Or donc s'il vendit tout pour se débarrasser,
Ce n'est pas Carnaval que l'on doit accuser
Je ne crois pas non plus devoir perdre de vue,
Tout en vous rappelant la perruque vendue,
Que l'on a prétendu, par un sort bien fatal,
Que c'était un trafic causé par Carnaval ;
Mais l'on ignore donc la grande découverte
Qui depuis quelque temps vient de nous être offerte.
Vous ne connaissez pas ce chef-d'œuvre de l'art ,
Cette huile qui nous vient du fond de Madagascar,
Et qui par sa vertu, bien plus que la nature,
Fait de tous les humains croître la chevelure,
Qui rend presque immortel le célèbre NAQUET
À qui nous devons tous cet illustre secret :
S'en frotte-t-on le chef, de suite on voit paraître
Des cheveux noirs et longs de plus d'un demi-mètre ;
Et celui qui vendit sa perruque un écu,
En a plus que tout autre éprouvé la vertu ;
Car en moins de trois jours sa chevelure est crue,
Au point qu'il est porteur d'une superbe queue ;
Donc que l'individu n'est pas aussi gourmand
Comme notre partie aujourd'hui le prétend ;
De plus il la vendit, la chose est positive,
Deux mois auparavant que Carnaval n'arrive ;
Ce qui doit vous prouver que Monsieur perd l'esprit,
Et qu'il vous a menti dans tout ce qu'il a dit.

LE DEMANDEUR.

Monsieur le Défenseur, vous m'échauffez la bile,
Vous avez beau vanter la vertu de cet huile,
Personne mieux que moi n'en connaît la valeur ;
Et loin que mes cheveux aient pris de la longueur,

Ce maudit ingrédient m'a fait peler le crâne.

LE DÉFENSEUR.

Cette huile ne prend pas sur la tête d'un âne ;
Mais que l'homme d'esprit s'en frotte le toupet,
Il en verra bientôt le merveilleux effet.

LE PRÉSIDENT.

Messieurs, voulez-vous bien discuter votre cause,
Et ne pas me casser la tête d'autre chose
Monsieur le Défenseur, remettez-vous au fil
De ce que vous disiez.

LE DÉFENSEUR.

> Pourquoi m'interrompt-il

LE DEMANDEUR.

Je crois avoir ici le droit de vous répondre.

LE DÉFENSEUR.

Dites que vous craignez de me voir vous confondre ;
Non, vous n'avez pas dit un mot de vérité,
Et tout votre argument n'est qu'une fausseté ;
Quoi ! vous avez le front de vouloir faire croire
Que bien d'honnêtes gens se sont fait une gloire
De vendre bois de lits, paillasses, matelas
Pour fêter Carnaval qu'ils ne connaissaient pas.
Ces meubles étant vieux, or, on n'est pas bien aise
De conserver chez soi des greniers à punaise ;
Donc, vous avez menti lorsque vous avez dit
Que c'était Carnaval qui fit qu'on les vendit.
Après avoir prouvé son entière innocence,
Je dois encor, Messieurs, terminant sa défense,
Vous faire remarquer que tous ces jeunes gens,
Qui, dit-on, quelquefois font damner leurs parens,
Doivent être loués d'une telle conduite,
Vu qu'il est bien certain que c'est un vrai mérite
De ne pas imiter tous ces individus
Qui dans leurs coffres-forts entassent les écus ;

Ainsi je soutiens donc, sans autre préambule,
Que tout va pour le mieux lorsque l'argent circule,
Et qu'on n'a point trouvé depuis plus de mille ans,
Quelqu'un d'expéditif comme les jeunes gens ;
Il en est devant vous, donnez-leur des espèces,
Voir s'il vous remettront quelques mauvaises pièces ;
Non je suis assuré qu'ils dépenseront tout,
Fussent-ils chargés d'or, i's en viendraient à bout.
Il est encor, Messieurs, des traits de bienfaisance
Que Carnaval produit par sa seule présence ;
Mais je ne citerai que nos musiciens
Dont les trois quarts au moins sont souvent sans moyens,
Et qui de toute part vont contracter des dettes
Qu'ils ne payeraient jamais si ce n'étaient des fêtes
Que des gens réjouis donnent à mon client,
Et qui leur font à tous gagner beaucoup d'argent.
Ici j'ai terminé, je n'ai plus rien à dire,
Car tout ce que j'ai dit, Monsieur, doit vous suffire ;
J'ai fixé vos esprits et votre attention
Sur les points importans de l'accusation ;
Non, vous ne pouvez pas le déclarer coupable :
Pourriez-vous condamner ce vieillard respectable ?
Voyez ces cheveux blancs, cet air majestueux,
Ce maintien noble et fier, ce costume pompeux,
Tout vous annonce en lui qu'il descend de la branche
Du sylphe Arromassias et de la nymphe Blanche :
Quibus in populis concantra rogantes,
Iu nomen verital verital us es.
J'ai dit la vérité, telle est son origine.

LE DEMANDEUR.

Voilà ce qui s'appelle un latin de cuisine,
Un vrai galimatias, un horrible jargon
Dans lequel on n'entend ni rime ni raison.

LE PRÉSIDENT.

Ce n'est pas l'embarras, les phrases en sont louches.

LE DEMANDEUR.

C'est que Monsieur nous prend pour des francs gobe-mouches :

Oser citer des mots qu'on n'entendit jamais.

LE DÉFENSEUR.

Hé bien ! je vais, Messieurs, les traduire en français :
Quibus in populis concantra signifie.....

LE DEMANDEUR.

Que vous êtes un sot.

LE PRÉSIDENT.

       Silence je vous prie :
Les débats sont finis, c'est à moi de parler ;
Ansi qu'aucun de vous ne vienne me troubler,
Attendu les rapports, les plaintes, les enquêtes,
Les dépositions, les placets, les requêtes
Que nous ont adressé plusieurs individus,
Tendent à réprimer un grand nombre d'abus
Que ledit Carnaval cause par sa présence,
Nous avons établi que, dans cette audience,
Il serait décidé, même en dernier ressort,
De ce qu'il deviendrait et quel serait son sort.
Donc comme il est constant qu'un pareil personnage
Plonge grand et petits dans le libertinage,
Nous devons sans égard, sans pitié, le punir,
Attendu que ceci pourrait fort mal finir ;
Ainsi considérant qu'il s'est rendu coupable
De mille attrocités qui le rendent pendable ;
Vu le mémoire écrit et la pétition
De tous ceux qui sont morts par indigestion,
Condamnons l'accusé pour prix de tant de fautes,
A passer sur-le-champ au royaume des taupes ;
Cependant accordons à cet individu
Le choix de brûler vif ou bien d'être pendu ;
Mais comme il ne vaut pas la peine de le pendre,
On fera beaucoup mieux de le réduire en cendre
Le condamnons en outre à payer tous les frais,
Ainsi que les dépens causés par ce procès :
Allez sans différer, qu'on l'emmène au suplice

L'HUISSIER.

Soldats, exécutez l'ordre et la justice.

(Ici Carnaval se lève, ainsi que les gendarmes qui le saisissent au collet; mais ils le lâchent pour le laisser parler.)

CARNAVAL.

Arrêtez, malheureux, j'ai besoin de parler :
La mort assurément ne me fait point trembler ;
Oui je saurai mourir sans aucune faiblesse ;
Mais je veux en partant gronder cette jeunesse
Qui voit, sans s'émouvoir, prononcer mon arrêt,
Et me laisse filer pour aller au gibet ;
Moi qui, pour embellir leur triste destinée,
Me faisais un devoir de venir chaque année.
Accompagné des jeux, des ris et des plaisirs,
Pour charmer leurs instans, leur goût et leurs désirs ;
Ingrats ! avez-vous bien le cœur assez barbare,
Pour ne pas me soustraire au sort qu'on me prépare,
De conserver ainsi cet horrible sang-froid ?
Bientôt on vous verra mordre le bout du doigt ;
Traînant vos tristes jours dans la monotonie,
Vous vous reprocherez cet état d'apathie ;
Oui vous rougirez tous d'avoir manqué de cœur
Au moment de la mort de votre bienfaiteur ;
Mais j'en serai vengé, car l'affreuse tristesse,
Quand je ne serai plus, vous poursuivra sans cesse ;
Eh quoi ! vous êtes sourds.....

LE DEMANDEUR.

Vos soins sont superflus.

LE PRÉSIDENT.

Que l'on mette au bûcher quatre fagots de plus,
Pour l'apprendre à tenir un semblable langage,
Et qu'il soit ammené sans tarder davantage.

UN GENDARME *lui prenant le bras.*

Allons, obéissez, voyons, il faut marcher.

UN MASQUE *en soldat, dégaînant ainsi que les autres.*

Malheur à qui de vous osera le toucher !

L'HUISSIER *s'approchant des soldats*

Que veut dire ceci ? Messieurs, point de bêtise,
Ou si non, sur-le-champ, c'est dit, je verbalise :
Laissez exécuter l'arrêt du tribunal

UN MASQUE *en savetier, venant par derrière
l'huissier, lui donnant un coup de tire-pied.*

Tiens, maudit insolent, met ça sur ton verbal !

*(Ici les masques entrent en rébellion, renversent
tout, chassent les juges et les gendarmes, et délivrent
Carnaval.)*

CARNAVAL *appaisant les troubles et au milieu des
masques.*

C'est assez, mes amis, je suis content de vous,
Et pour de vrais héros je vous reconnais tous ;
Ce jour n'échappera jamais à ma mémoire.

UN MASQUE.

Ce n'est pas l'embarras nous avons la victoire,
Et cela me rappelle un bien doux souvenir.

CARNAVAL.

Mes amis, calmez-vous, ça pourra revenir ;
Quant à moi, pour le prix d'une telle conduite,
Je viendrais tous les ans vous pousser ma visite ;
En quel lieu que je sois, je n'oublierai jamais
Que si j'existe encor, c'est grâce à vos bienfaits.
Et vous, grand orateur, qui prites ma défense,
Comptez en tous les temps sur ma reconnaissance ;
Vos efforts m'ont prouvé, jusqu'à votre latin,
Que mon affaire était dans une bonne main ;
Que n'ai-je des trésors pour payer tant de zèle !

LE DÉFENSEUR.

Il est bien assuré que vous l'échappez belle ;
Et si vous redoutez encor quelque embarras,
Vous me voyez ici prêt à suivre vos pas.

CARNAVAL.

Oui, j'appréhende encor un tribunal sévère

LE DÉFENSEUR.

Je crois vous deviner, vous craignez le parterre
Les juges, il est vrai, sont bien plus clairvoyans,
Mais tranquillisez-vous, ils sont plus indulgens.

CARNAVAL *au parterre.*

Messieurs, pardonnez-moi, si tremblant de peur j'ose,
Comptant sur vos bontés, vous confier ma cause ;
Elle est entre vos mains : si vous applaudissez,
Je ne douterai plus du gain de mon procès.

FIN.

Bordeaux, imprimerie de E. MONS, rue Arnaud-Miqueu, 3.